カリカリのぼうけん

武鹿悦子文　凪人形制作・絵　亀田龍吉写真

ある日《ひ》、ねずみのカリカリに
とうさんが　いいました。
「カリカリ、おまえも　もう大《おお》きい。
ひろい　せかいへ　でていって、
じぶんの　くらしを　はじめなさい」
「じぶんの　いえを　つくりなさい」
と、かあさんも　いいました。
「ひとりは　やだなあ……　どこへ　いこ？
とうさん、かあさん、おげんきで」
　カリカリは　かあさんが　つくってくれた
リュックサックを　せおって、
ひろい　せかいへ　でていきました。

「やっぱり、ひとりは　やだなあ」
カリカリは、とぼとぼと
しらない　みちを　あるきました。
あたたかい　風《かぜ》が　ふいて、やさしい
いいにおいが　します。
みあげると、のはらの　さくらは
まんかいでした。
「わあ、きれい！」
カリカリは、えっさ　えっさと　木《き》を
のぼって、花《はな》の　そばへ　いきました。
――どこへ　いくの？　ちいさい　ねずみさん。
さくらの　花《はな》が　ききました。

「ひろい　せかいへ　おうちを　さがしに
いくんだ」
カリカリは、とうさん　かあさんに
いわれたことを　はなしました。
――がんばって！
――きっと　みつかるわ、よい　おうち。
――わたしたち　おいのりしてるわ。
花《はな》たちは　花《はな》びらを　ふらせながら
みおくってくれました。
「ありがとう」
カリカリは、げんきになって
しゅっぱつしました。

とっとこ　とっとこ
とっとこ　とっとこ

ひろい　クローバーばたけで、ハチに
あいました。
「リュックサックなんか　しょって、どこへ
いくんだい？」
ハチは、うるさく　とびまわりながら
ききました。
「どこ、って……わからないよう」
カリカリは、こまって　いいました。
「だって、おうちさがしの　たびなんだもん」

「おうちって、だれの？」
「ぼくの……」
すると　ハチは、カリカリの　はなさきで
ぶんぶん　はねを　ならしました。
「そんなら、まかしとけ。ぼくは、まいにち
ひろい　せかいを　とびまわって　くらしてる。
しらない　ところは　ないんだよ。
きっと　きにいる　すてきな　いえを
みつけてきてやるよ。
とびきり　じょうとうの　みつの
つぼでも　みつけないかぎり、すぐ
もどるから、しばらく　まってて」

ハチは　ゆうひに
むかって、羽《は》おとも
たかく　とびたちました。
でも、それきり
ハチは、クローバー色《いろ》の
まるい　お月《つき》さんが
のぼっても、
もどってきませんでした。

まい日《にち》　あめが
ふりました。
カリカリは、
いけの　ほとりの
〈かえるの　かさや〉で
かさを　かいました。
あじさいの花《はな》の
森《もり》が　きらきらと
しずくを
こぼしています。

――こんにちは。こんな　あめの　日《ひ》に
どこへ　いくの？
花《はな》が　ききました。
「ぼくの　いえを　さがしに」
カリカリの　そのことばを　きくと、
花《はな》たちは　おおさわぎを　はじめました。
――じぶんの　いえを　さがすんだって！
――じぶんの　いえが　みつからないの?!
――じぶんの　いえは　ちゃんと　じぶんの
せなかに　しょっていれば　いいのに。
――かたつむりさんみたいに　ね。
カリカリは　花《はな》たちの　はなしが

さっぱり　わかりませんでした。
はなしの　なかの〈かたつむりさん〉に
あったことがなかったからです。

あめが　やむと、お日《ひ》さまが
かみつきそうに　てりだしました。

とっとこ　とっとこ
とっとこ　とっとこ

あせを　ふき　ふき、カリカリは、
どこからか　きこえてくる　ふしぎな
おとを　めざして　あるいていました。

ざざ――っぷ　ざざ――
ざざ――っぷ　ざざ――

その　おとが　なんの　おとか、
やがて　わかりました。
「うわぁー、海《うみ》だあ、まぶしー―いー！」
カリカリは、なみを　おいかけて
はまべを　はしりました。

ざばざば　ざぶ――ん
ばしゃ――ん

海《うみ》は　大《おお》きな　貝《かい》を
カリカリの　あしもとに　ころがしました。

（大《おお》きな
貝《かい》だなあ。
ぼくの　おうちに
なりそうだ……）
と　おもったとき、
ミノムシみたいな
貝《かい》が、つんつく
いそいで
やってきました。

「めっけ、めっけ、ぼくが　さき！」
　貝《かい》がらから　ミノムシみたいな
ちいさい虫《むし》が　でてきて　いいました。
「ぼくは　ヤドカリ。いまの　いえが
せまくなったから、こっちの　ひろい
いえへ　ひっこします」
　そして、すばやく　大《おお》きな　貝《かい》に
もぐりこむと、
「なにごとも　はやいものがち」
と、さも　とくいそうに　いいました。
「貝《かい》の　いえなんか、いるもんか」
　カリカリは、海《うみ》を　あとにしました。

あつい日《ひ》が
つづきました。
森《もり》で　ひるねを
していた　カリカリは、
だれかに　よばれて
目《め》を　さましました。
「つめたい　おちゃでも
いかが？」
はなの　とがった
もぐらが、
マンホールの
ふたのような　ドアを

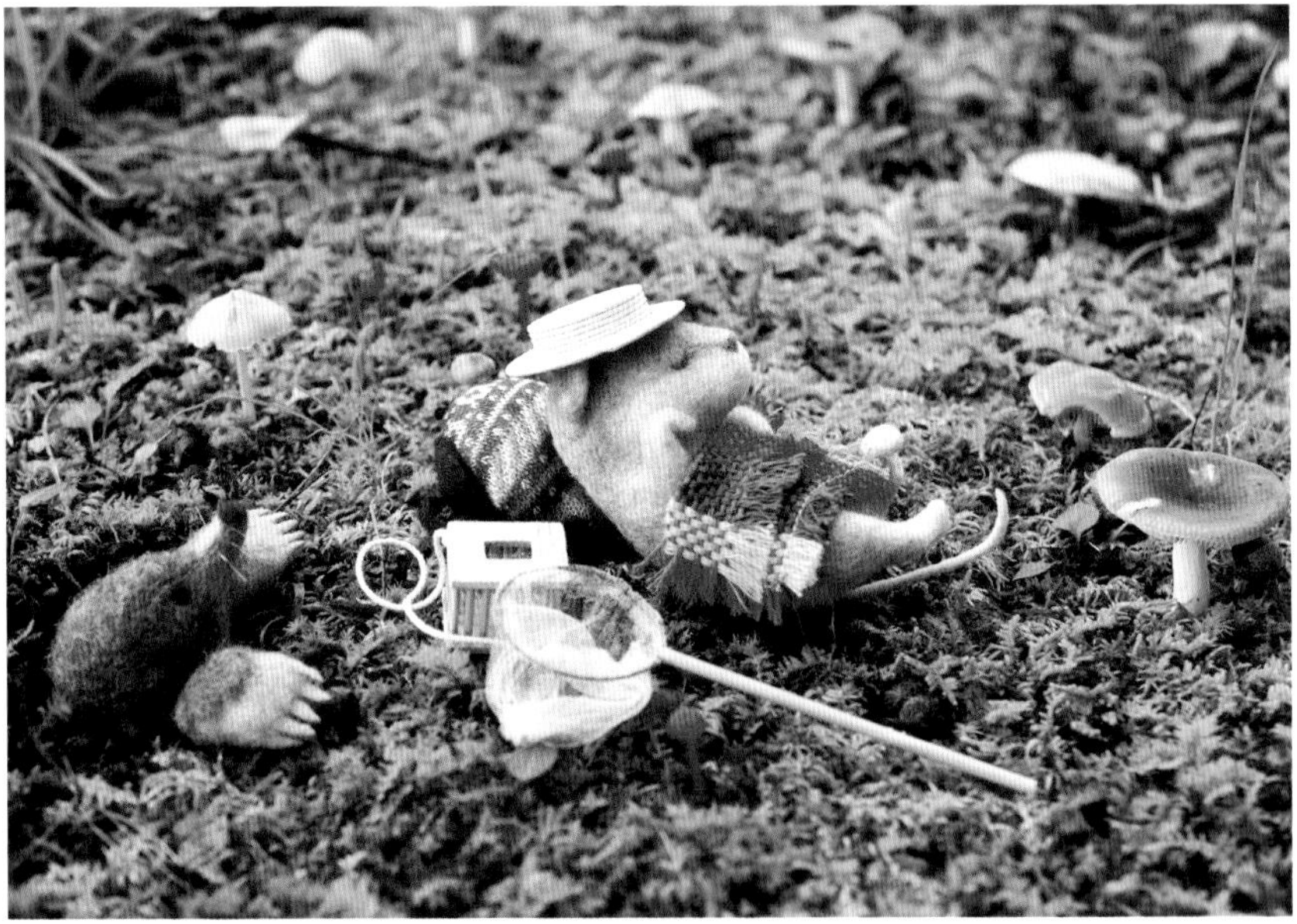

あけて、カリカリを　よんでいました。
ああ、なんて　すてきな　いえでしょう。
ながい　かいだんを　おりて、みぎへ
まがると、そこは、テーブルと　いすの
ならんだ　ひろい　へやでした。
かべの　たなには、本《ほん》が　ならんでいて、
白《しろ》い　テーブルかけの　かかった
テーブルには、山《やま》のように　おかしを
もった　かごが　リボンを　むすんで
のっていました。
「こういう　おうち、だいすき！」
カリカリは、うっとりしました。

「なつ　すずしく、ふゆ　あたたかです」
と、もぐらが　じまんしました。

それから　ポリポリ　おかしを　たべて、
それから　コクコク　おちゃを　のんで、
「ぼくは、カリカリ」
「モゲです。よろしく」
と　いって、わかれました。

あらしが　なんども　ふいて、そのたびに
すずしくなって、なつが　おわりました。

とっとこ　とっとこ
とっとこ　とっとこ

あっちの　木《き》も、こっちの　木《き》も、
おまつりのように　はっぱを　あかや
きいろに　そめています。
カリカリは、だれかに　あいたくて
たまりませんでした。
林《はやし》の　みちに、ハリが　ぎっしり

ささった　いたそうな　ボールが
おちています。

かれえだを　ひろって　つついてみると、
ボールが　われて、まあるい　ぴかぴかの
くりの　みが　ころげでてきました。
「くりの　おうちだった」
ハハン、と　カリカリは　おもいました。
「だいじな　くりの　みの　ぼうやたちを
だれかに　もって　いかれないように、
くりの木《き》の　かあさんが、だれにも
もてない　ハリハリの　いたい　おうちを
つくったんだね」

カリカリは　ふっと　リュックを

あけてみました。かあさんが　つくってくれた
ふかふかと　あたたかい　大《おお》きな
マフラーや、てぶくろに　さわってみました。
「いくら　さむくなっても　へいきだ」
カリカリは　むねが　いっぱいになって、
かあさ――――ん！
と、ゆうやけぐもに　よびました。
そして、なんだか　すっかり
しょんぼりして、とぼとぼと
あるいていきました。

ふかい　森《もり》が　みえてきました。　いこうか？
もどろうか？　と　おもいながら、
カリカリは　あるいていきました。
はいろうか？　やめようか？　と
おもいながら、カリカリは、ふかい　森《もり》へ
はいっていきました。
すこしすると、森《もり》の　おくから
へんな　おんがくが　きこえてきました。

ヒュードロ　ヒュードロ　ケッケッケッケッ
ヒュードロ　ドロドロ　キッキッキッキッ
森《もり》の　まつりが　はじまるぞー

うたいながら　ちかづいてくるのは、
へんてこな　おばけたちでした。
「やだ、やだ、森《もり》の　おばけだ――」
ふるえながら　カリカリは　あっと
きがつきました。
「なあんだ、こわくないぞ。かぼちゃが
へんそうしてるんだ――。
ぼくも　へんそうして　おばけに
なってやれぇ」
カリカリは、みちに　おちている　大《おお》きな
どんぐりを　ひろうと、どんぐりの
ぼうしを　とって、かぶりました。

「そうら、ぼくだって　おばけだぞ——っ」
おばけたちは、耳《みみ》まで　さけた　くちで、
にやりと　わらいました。
そして、カリカリのほうを　むいたまま、
ずんずん　あとずさりして　いきます。

おばけじゃないよ　かぼちゃだよ
かぼちゃじゃないよ　おばけだよ——

みるみる　木《き》の　あいだから　くらやみが
わいてでて、おばけたちは、
どん　どろん　と、きえました。

うたも、ぴたりと　やみました。

カリカリは、ぷるっと　ふるえました。

「おばけとは、ともだちに　なれないよう」

いちにち　いちにち
さむくなって、めったに
だれにも　あえなくなりました。
カリカリは、大《おお》きな
マフラーを　ぐるぐるまきにして
ぴゅう　ぴゅう　ふく　かぜの
なかを　あるいていました。

こんにちは――
とりの　こえが
おりてきました。
「ねずみさんたら、
大《おお》きな　マフラー
ぐるぐるまきにしてる。
ここは、こんなに
あたたかいのに」
「ほんとに　ここは
あたたかいね」
もう一《いち》わの　とりが
いいました。

「ぼくたち、ここから　ずっと
きたの、さむい　さむい　くにから
とんできたの。はるに　なったら　また
かえりますが、それまで　よろしく」
　ふゆどりたちは、一《いち》ねんの
はんぶんを　るすに　していた
山《やま》の　いえの　ことが　しんぱいだと
いいながら、
バタバタ　とんでいきました。

　ゆきが　どかどか　ふって、あたりは
すっかり　ゆきげしきに　なりました。
　ふるい　木《き》の　うろのなかで
目《め》をさました　カリカリは、大《おお》きな
くつしたを　ひきずって
しゅっぱつしました。
「くつしたが　ないと、サンタさんが
クリスマスの　プレゼントを
いれられないからね、うふん！」

もうすぐ　すぐ　すぐ　クリスマス
ざっくり　ざっくり
ざっくり　ざっくり

うたいながら　あるいていくと、
ゆきの　なかに　あかい　大《おお》きな
ものが　みえます。
ちかづいてみると、ぼうしでした。
「あ、これ　サンタさんの　ぼうしだ。
サンタさんが　そりで　ここを
とおって、おとしていったんだね。
あっ、じゃあ　もう

クリスマスなんだ！
クリスマスなんだ！」
　カリカリは、ひきずってきた
大《おお》きな　くつしたの　なかを
のぞいてみました。
　なにも　はいっていません。
「ぼくの　プレゼント、
わすれちゃったのかな？
やっぱり　おうちの　ベッドに
つるしておかないと、サンタさん、
きがつかないんだね」
　カリカリは、がっかりしました。

あたらしい　としが　あけました。
あおい　そらで　風《かぜ》が　うなっています。
スキップしながら　あるいていくと、
「ちいさい　ねずみさん、たすけてぇ！」
あたまの　うえで　こえがしました。
たかい　木《き》の　えだに　やっこだこが
ひっかかって、うごけないでいます。
「まっててー！　いま　すぐ、おろして
あげるから」
でも　あんな　たかいところに
のぼったことは　ありません。

カリカリは、あしを　ふみしめて、
たかい　木《き》を　のぼりました。
そして、風《かぜ》に　ふきおとされそうに
なりながら、じぶんより　大《おお》きい
やっこだこを　せおって、じめんへ
おろしました。
「ありがとう。ゆうかんな　ねずみさん。
こんど　いっしょに　そらを　とぼうね」
と、やっこだこは　いいました。

そこだけ　ゆきの　きえた　じめんから、
お日《ひ》さまの　ひかりのような　花《はな》が　かおを

だしました。
そっと　かおを　よせると、やさしい
はるの　においが　しました。
カリカリは、耳《みみ》を　すましました。

ぴとぴと　ぴとぴと
　ぽっとん　ぽっとん
ちろちろ　ちろちろ
　　ととととと

ああ、なんて　にぎやかなんでしょう。
ゆきどけが　はじまったのです。

「はるが　くるんだ！」

カリカリは、むねが　わくわくしました。

とっとこ　とっとこ
とっとこ　とっとこ

ゆきの　きえた　みちは、それは
あるきやすいのでした。
やまみちで　であった　花《はな》が、
——こんにちは
と、おじぎを　しました。
「こんにちは。もう　はるですね」
カリカリも　おじぎを　しました。
「カタクリの　花《はな》さんたちだ。
あたらしい　だれかに　あうって、

うれしいな」
カリカリは、くふくふ　わらいました。

ああ、そらは　どこまでも　つづいて、
せかいは、あるいても　あるいても、また
あたらしい　けしきを　みせてくれます。
「もっと　もっと　あるいて、たくさん
たくさん　ともだちを　つくろう」
そして、うっとり　おもいました。
「……その　ともだちが　みんなで
あつまる　ぼくの　いえ！」
カリカリは、もう　あるきだしながら
きめました。

「……その　いえは、はるが　くるたびに、
やさしい　お花《はな》たちに　あえる、
あの　さくらの木《き》の　そばに　つくろう」

「そうしよう！」

＊『カリカリのぼうけん』制作に際し、月刊誌「保育の友」(社会福祉法人全国社会福祉協議会発行）の2017年〜2018年版表紙用に撮影された写真を使用させていただきました。

カリカリのぼうけん　48P 178 × 178mm

2020 年 4 月 13 日　初版発行

著者　武鹿悦子文　凪人形制作・絵　亀田龍吉写真

発行　株式会社リーブル　〒176-0004 東京都練馬区小竹町2-33-24-104

Tel.03-3958-1206　Fax.03-3958-3062

http://www.ehon.ne.jp

印刷・製本／株式会社東京印書館　ISBN978-4-947581-97-6